Cada noche, antes del beso,
papá se sienta en mi cama
y me cuenta algún secreto...

A María Encarna, por tomarme de la mano...

rober

1.ª edición: septiembre 2014

© Del texto: Roberto Aliaga, 2014
© De la ilustración: Miguel Ángel Díez, 2014
© Grupo Anaya, S. A., Madrid, 2014
Juan Ignacio Luca de Tena, 15. 28027 Madrid
www.anayainfantilyjuvenil.com
e-mail: anayainfantilyjuvenil@anaya.es

ISBN: 978-84-678-6151-8
Depósito legal: M-16115-2014
Impreso en España - Printed in Spain

Las normas ortográficas seguidas son las establecidas
por la Real Academia Española en la
Ortografía de la lengua española, publicada en el año 2010.

Roberto Aliaga • Miguel Ángel Díez

Cuando me hice así de pequeño

ANAYA

Acabo de hablar
con la mamá de Claudia.
Siente mucho haberse olvidado
de recogerte al salir de inglés...
y que, por su culpa,
hayas tenido que esperar una hora
con la profesora de piano.

¿Aún te dura el enfado?

¿Te cuento un secreto?

A mí, cuando era pequeño,
me ocurrió algo parecido...
Salí más tarde al recreo y,
cuando llegué junto a mis amigos,
uno de ellos me dijo:
—¡Tú no puedes jugar! ¡Ya están hechos los equipos!

No podía creerlo: ¡se habían olvidado de mí!
Bajé la cabeza. Me puse rojo como un tomate, y...
¿sabes lo que pasó?

Que comencé a hacerme pequeño,
pequeño, cada vez más pequeño...
Y cuando quise darme cuenta,
¡no era más grande que una botella!

¿Y ahora qué hago?, me quedé pensando...
No podía entrar en la escuela, porque era
demasiado pequeño para subir por las escaleras.
Y si me quedaba en el patio...
¡alguien me acabaría pisando!

Entonces, ¿sabes quién apareció?

¡Nada menos que el director!

Era tan grande que parecía un gigante,
y me dijo:
—Usted es pequeño. No puede estar
en el patio de los mayores.

Me metió en un bolsillo de su chaqueta, y...
¿sabes dónde me llevó?
¿Con los niños de infantil? Noooo.
¿Con los bebés de guardería? Noooo.

¡Me llevó a un patio especial para alumnos encogidos!
Y allí, descubrí a una niña. Era tan pequeña como yo.

Al verme, se acercó, me tomó de la mano y me dijo:
—¿Quieres jugar conmigo?

Juntos, hicimos castillos de naipes.

Me enseñó a bailar en una caja de música.

¡Y lo pasamos tan bien volando en un avión de papel!

Aquel fue uno de los mejores días de mi vida.
Si mis amigos no se hubieran olvidado de mí,
nunca habría estado en aquel patio,
ni habría conocido a esa niña que, con el tiempo,
se convirtió en mi mejor amiga.

Así que no te enfades, porque nunca se sabe...
Y gracias al olvido de la mamá de Claudia,
te podría haber ocurrido algo extraordinario.

¿Cómo? ¿Que quieres apuntarte a clase de piano?
¡¿Y por qué no me lo habías contado?!